Mano descobre a diferença

Esta edição possui os mesmos textos ficcionais da edição anterior, publicada pela editora SENAC São Paulo.

Mano descobre a diferença
© Heloisa Prieto e Gilberto Dimenstein, 2001, 2011

Gerente editorial Claudia Morales
Editor Fabricio Waltrick
Editora assistente Thaíse Costa Macêdo
Diagramadora Thatiana Kalaes
Estagiária (texto) Raquel Nakasone
Assessoria técnica Dr. Paulo V. Bloise
Preparadora Lilian Jenkino
Coordenadora de revisão Ivany Picasso Batista
Revisoras Débora Lima, Luciana Campos de Carvalho Abud, Luciene Lima e Lucila Barreiros Facchini
Projeto gráfico Silvia Ribeiro
Assistente de design Marilisa von Schmaedel
Coordenadora de arte Soraia Scarpa
Editoração eletrônica Iris Polachini

CIP-BRASIL. CATALOGAÇÃO NA FONTE
SINDICATO NACIONAL DOS EDITORES DE LIVROS, RJ

P949m
3.ed.

Prieto, Heloisa, 1954-
    Mano descobre a diferença / Heloisa Prieto, Gilberto Dimenstein ; ilustrações Maria Eugênia. - 3.ed. - São Paulo : Ática, 2012.
    48p. : il. - (Mano : cidadão-aprendiz)

    ISBN 978-85-08-14793-9

    1. Literatura infantojuvenil brasileira. I. Dimenstein, Gilberto, 1956-. II. Eugênia, Maria, 1963-. III. Título. IV. Série.

11-3730.
CDD: 028.5
CDU: 087.5

ISBN 978 85 08 14793 9
CAE: 264781 (AL)
Código da obra CL 738046

2022
3ª edição | 10ª impressão
Impressão e acabamento: Vox Gráfica

Todos os direitos reservados pela Editora Ática, 2012
Avenida das Nações Unidas, 7221 – CEP 05425-902 – São Paulo, SP
Atendimento ao cliente: 4003-3061 – atendimento@atica.com.br
www.atica.com.br

IMPORTANTE: Ao comprar um livro, você remunera e reconhece o trabalho do autor e o de muitos outros profissionais envolvidos na produção editorial e na comercialização das obras: editores, revisores, diagramadores, ilustradores, gráficos, divulgadores, distribuidores, livreiros, entre outros. Ajude-nos a combater a cópia ilegal! Ela gera desemprego, prejudica a difusão da cultura e encarece os livros que você compra.

Mano descobre
a diferença

**Heloisa Prieto
Gilberto Dimenstein**

Ilustrações: Maria Eugênia

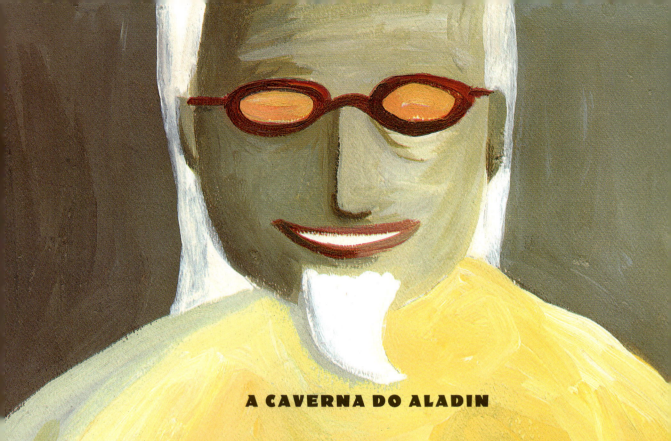

A CAVERNA DO ALADIN

Aqui, na vila, a turma toda vivia falando da Caverna do **Aladin**.

A primeira pessoa a me contar desse lugar foi Carolina, minha melhor amiga. Ela tem uma avó muito engraçada, que se chama Janine, que adora literatura francesa e anda com um bando de velhinhos que não dá pra acreditar. Só pra te dar uma ideia, vovó Janine tem uma amiga que faz cuecas gigantes e ganha uma nota porque virou moda de clubber e ela nem dá mais conta de tanta encomenda.

Bom, tudo isso pra contar do Aladin.

É que é assim: o Aladin tem uma sapataria na Vila Madalena. Ele deve ter uns sessenta e poucos anos e é lá que a galera se reúne. Gente de toda idade. Até de treze anos, como eu e a Carolina.

O Aladin usa sapatos coloridos de pontinhas viradas pra cima. Ele detesta combinar pares, então, um pé é sempre diferente do outro. Como ele tem cabelo comprido e cavanhaque, ficou com cara de Aladin, por isso ele tem esse apelido, mas o nome verdadeiro dele é Arnaldo. Aladin também ganha bastante dinheiro com os clubbers; além disso, vende seus artigos para uns estilistas malucos que adoram os sapatos doidos que ele faz.

A Caverna do Aladin é o nome da garagem que ele aluga pra trabalhar. Quando entrei no lugar pela primeira vez, não acreditei no que vi: sapatos antigos, baús cheios de correntes, moedas, uns panos coloridos, pedaços de couro e pedrinhas brilhantes, os materiais que ele usa para criar. Música? **Raul Seixas** o tempo todo. É o artista preferido do Aladin. Ele diz que Raul é o maior gênio musical de todos os tempos e que, se ele ainda estivesse vivo, o mundo seria diferente.

E tem livro pra todo lado. Muita vela, muito incenso. Um sofá do tempo do onça, como diria meu avô. Aliás, meu avô Hermano também é muito louco, mas de outro jeito. Se ele visse o Aladin, ia começar a fazer um monte de piada, meu avô tem uma língua afiada. Mas isso é uma outra história.

Carolina tinha me contado que uma vez ficou muito triste e que a única pessoa que a ajudou foi o Aladin. Que ele é o melhor contador de histórias que ela já viu.

Então, ela me convidou pra ouvi-lo contar história.

Nós entramos, sentamos no sofá e ficamos quietos vendo como ele trabalhava. O Aladin fazia um sapato de princesa, tipo Cinderela mesmo. Ele ficou um tempão calado, de repente virou pra mim e disse:

— Quer que eu adivinhe qual é o tipo de filme de que você mais gosta?

— Quero.

— Terror trash.

— Como é que você sabe? A Cacá te contou?

— Que você dá risada vendo filme de terror? Não, eu adivinhei, é fácil. E você também adora filme de ação, muita guerra e pancadaria.

— Cacá... – eu disse –, você contou pra ele.

— Ela não me disse, não. Eu só sei seu nome, Mano. Nome bem bonito, por sinal. Então eu vou te contar uma história.

Sabe, quando o cara começou a falar, minha cabeça voou pra longe... eu me senti pequeno, ouvindo histórias que minha mãe contava, encostei no ombro da Cacá sem querer. Se tivesse uma chupeta, eu esquecia que tenho treze anos e pegava. Foi muito estranho...

— Esta história – disse Aladin – era muito contada na Europa de antigamente. Começa assim: era uma vez um ovo de águia que foi parar no ninho de uma galinha. A águia cresceu como se fosse uma galinha, caminhava como uma galinha, alimentava-se como uma galinha.

— Então? – perguntou Carolina.

— Um dia a águia que pensava ser galinha viu uma águia no alto. Era maravilhoso observar seu voo, sua elegância, toda a liberdade do movimento de suas asas.

— E daí ela saiu voando também... — eu disse.

— Não. Daí que ela suspirou, sentiu uma infelicidade profunda e pensou assim: "Ai, que bom seria se eu fosse uma linda águia...".

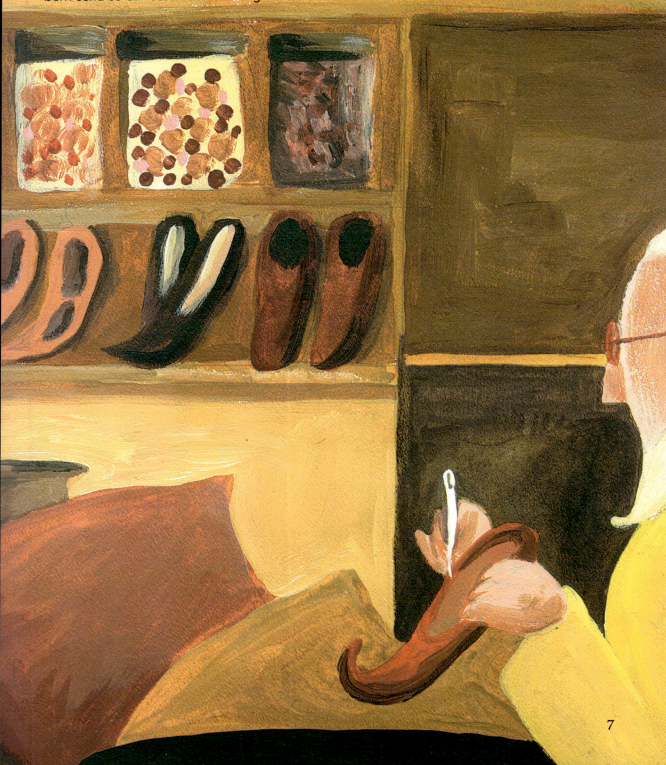

D'ARTAGNAN, O HERÓI VIRTUAL

Fiquei pensando muito na tal da história. O que será que ela tinha a ver comigo?

Depois, caiu a ficha. Quando eu era bem pequeno, tinha uma encanação com a história do **Patinho Feio**. Não é que o cara tinha adivinhado? Todos os meus amigos gostavam de outras histórias, tipo Lobo Mau, ou a história do Ali Babá, mas eu ficava pedindo pra professora contar de novo a história do coitado do pato que vivia pagando mico. E, na parte em que ele virava cisne e deixava aquele bando de pata chata pra trás, eu ficava muito feliz.

Um dia, a coordenadora da escola chamou minha mãe pra falar dessa minha mania. Quem me contou tudo isso foi a Shirley, nossa empregada, porque minha mãe nunca me explicou direito. Só me lembro que, quando cheguei em casa, minha mãe me abraçou, me encheu de beijos e disse: "Então, Mano, você se acha um patinho feio? Só porque você é filho do meio? Que bobagem, você é um garoto lindo!".

Bom, o Patinho Feio acaba se dando bem. Agora, a história que o Aladin me contou era pior, de tão triste. Já pensou ser uma águia e passar a vida pagando o pato, preso no meio de um galinheiro?

No dia seguinte, a caminho da casa do Oscar, o micreiro, e meu melhor amigo, perguntei pra Cacá:

— *Esse seu Aladin... não entendi o que aquela história de águia e galinha tem a ver com filme de ação. Tá certo que ele é seu amigo, mas o cara é meio louco, vai!*

— *É que demora pra cair a ficha* — ela disse. — *Mas passa um tempo, de repente, começa a fazer sentido, Mano. Deve ter a ver, é que você ainda não sabe.*

— *Do quê?*

— *Sei lá. Do que você vai acabar sabendo* — ela respondeu.

— *Cacá, você tá ficando pior que ele! Antes a gente conseguia conversar direito.*

Ela riu e continuou a andar olhando pra calçada. Achei que ela ficou meio vermelha. Que ela riu diferente. Mas eu fui sincero. Eu não sei o que está acontecendo. Antes, a Cacá era minha melhor amiga. A gente falava de tudo. Depois, de uns tempos pra cá, é só silêncio... um silêncio esquisito, um silêncio cheio de coisas que a gente nunca diz e que eu não sei muito bem o que são.

Bom, quando a mãe do Oscar abriu a porta do apartamento dele, a gente já foi ouvindo a gritaria:

— Mano, Cacá, consegui! Meu, é demais! Eu venci, eu descobri! Consegui! Sou um herói!

O Oscar, como a maioria dos meus amigos, anda fanático por um jogo que se chama Rara Esfera. Um jogo na internet. Difícil pra caramba. Todo mundo que entra nele, morre num minuto. É uma guerra sangrenta entre seres de dois planetas diferentes que escolhem a Terra como campo de batalha. De um lado, os ETs do bem, todos de branco, tipo duendes engraçadinhos, do outro, os do mal, feios demais, tipo uns diabos siderais.

Existe só um cara capaz de compreender a lógica do jogo. Eu diria que deve ser o melhor estrategista que já nasceu. O nickname, quer dizer, o apelido secreto dele é D'Artagnan. Ele deve adorar **Os três mosqueteiros.**

A mãe do Oscar foi logo levando a gente para a mesa. Era hora do lanche. Meu, na casa do Oscar sempre se come do bom e do melhor: hambúrgueres caseiros, batatinha frita bem crocante, sundae, até a cebola frita fica uma delícia.

No meio da comilança, eu perguntei:

— *Você passou pra última fase? Me dê a dica, cara!*

— *Mano, você não entendeu!* — ele respondeu. — *Não estou falando do jogo, tô falando do D'Artagnan. Da identidade secreta dele. Juro que eu consegui localizar o endereço! O D'Artagnan é o único campeão, invencível, mas se a gente conseguir conversar com ele, pode ser que o cara dê uma dica, certo?*

— *Qual é o e-mail do cara, você está falando disso, né? Do endereço virtual?* — disse a Cacá.

— *Não só o virtual...* — ele disse, com cara de detetive que descobriu o maior dos segredos.

— *Ah! Tá brincando! Vai dizer que você descobriu onde ele mora de verdade?* — disse a Cacá. — *Eu sempre quis conhecer esse tal de D'Artagnan pessoalmente, o cara deve ser demais! Aposto que ele é bom em tudo, nos esportes, aposto que ele é um gênio...*

— *Ei, espere aí* — eu disse, porque aquele jeito da Cacá me deixou completamente irritado —, *a gente nem sabe se o cara existe de verdade. Vai ver é um coroa fingindo que é garotão, um babaca, com mania de videogame, um chato. O problema da internet é que é muito fácil mentir.*

— *Bandeira!!!!* — gritou o Oscar, rindo, enquanto engolia o terceiro hambúrguer.

Carolina olhou pra baixo e ficou vermelha de novo.

Cara! Que bandeira é essa? Qual é o problema se eu desconfio de um cara que ninguém conhece? Em todo caso, engoli um hambúrguer também.

— Mas escuta, Oscar, a gente não vai pisar na bola com esse D'Artagnan, nada de chegar batendo na porta do cara, ou telefonar pra ele morrer de susto, essas coisas todas. É importante ter educação. Só porque você descobriu onde ele mora, não quer dizer que ele goste de receber visita. Primeiro, a gente manda um e-mail, vê o que rola. Se der, se ele quiser, a gente combina de se ver. Que tal? – disse a Cacá.

— Eu concordo com a Cacá – foi dizendo o Oscar, enquanto eu ficava ainda mais irado. – Primeiro um e-mail muito gentil. Eu também quero conhecer o cara, acho que ele deve ser um gênio, criativo, inventivo, tudo de bom que se pode imaginar. Quer dizer, eu acho que o D'Artagnan tem tudo a ver comigo!

— Eh! Olha aí, Oscar – riu a Cacá –, assim você parece um metido e o D'Artagnan vai te achar insuportável.

— E aí? – perguntei. – O que é que a gente diz pra ele?

Resolvemos mandar uma mensagem:

Oscarmicreiro@

Caro D'Artagnan,

Usando de nossas habilidades virtuais, conseguimos seu endereço. Gostaríamos de conhecê-lo pessoalmente. Sua estratégia é o máximo.
Os Três Mosqueteiros

EXTRATERRESTRES

Naquela mesma noite, fiquei sem sono. Por causa de um pesadelo idiota. Sonhei que o D'Artagnan era um tipo todo bonitão e que a Cacá ficava completamente apaixonada por ele. Aquilo me deu muito ódio. Acordei suando de horror. Abri a janela. Noite estrelada. Lua cheia.

Fiquei lembrando do meu avô dizendo que antes se imaginava que a lua era habitada. A gente não sabe nada das outras esferas. E se os ETs existirem de verdade? Se eles forem completamente diferentes da gente? Se eles forem do mal e chegarem no planeta pra detonar? Não, mas quem consegue viajar no espaço assim, deve ter uma cabeça diferente. Pra que conquistar? E se for o contrário? E se os ETs visitarem nosso planeta pra ensinar pra humanidade o que é a paz? E se nós, os terráqueos, tivéssemos medo dos ETs, só porque eles eram diferentes, e saíssemos matando todo mundo. Aquele monte de ET bonzinho em missão de paz, todos assassinados... Que horror!

De repente, não sei bem por quê...

Caiu a ficha.

Pensei naquela história do Aladin. Da águia e da galinha. Tinha algo a ver com isso que eu estava pensando. Ser diferente. Eu não. Sou igual a todo mundo. Não me acho diferente. Já o Oscar, come demais. Fala demais. Pensa demais. Ele é totalmente diferente. E a Carolina também é diferente. Porque a avó dela veio da França e porque ela adora ler. Tem muita gente que acha babaca ler. Tem amigo meu que detesta livro. Eu leio, mas não tanto quanto a Cacá. Eu gosto que ela me conte dos livros que lê. A voz dela... é macia demais. Ah, mas se esse D'Artagnan der em cima dela, juro que mato, acerto o cara mais rápido que qualquer alienígena de filme trash. Não vai levar nem um minuto...

Nisso, tive uma ideia. Eu precisava me preparar pra enfrentar o inimigo. Resolvi escrever pro cara antes de todo mundo. Só pra ter uma ideia... E daí, bom, era madrugada, a única coisa que veio na minha cabeça foi a história do Aladin. Mandei por e-mail. Eu queria testar o cara. Se ele me achasse louco, desmarcava o encontro. E daí, eu não corria perigo. A resposta dele chegou às quatro da manhã.

D'Artagnan@

Caro Mano,
Gostei de sua história. Deve ser triste ser uma águia e ter que pagar o pato por ter sido chocado no ninho errado.
Bom, você já leu *Os três mosqueteiros*? Eu adoro o D'Artagnan porque ele era o quarto mosqueteiro, o que sempre fica de fora de tudo. Eu acho que ele era um patinho feio, porque foi criado no campo, aprendeu a lutar com o pai e não na cidade com um mestre espadachim, como os outros mosqueteiros. Só que, na hora da luta, ele era o melhor, mesmo tendo um estilo completamente diferente. Aliás, era por isso que ele vencia. Ninguém conseguia prever seus golpes, porque ele se movimentava de um jeito só dele.
E, vem cá, como foi que você conseguiu meu endereço virtual?
D'Artagnan

Mano@

D'Artagnan, você é demais!
Escuta, meu amigo Oscar é um micreiro genial, ele conseguiu até seu endereço real. Como? Não tenho a menor ideia. Ele disse que foi deduzindo, que você deixa pistas.
Então, ele cismou que você mora na rua **Alexandre Dumas**, no Alto da Lapa. É verdade?
Mano

D'Artagnan@

Touché!
Meu endereço é rua Alexandre Dumas, número 33. Estou em casa todas as tardes, venham me visitar.
D'Artagnan

A CAVERNA DO ALADIN 2
O regresso

Meu, no dia seguinte, pedi pra Cacá me levar de novo na Caverna do Aladin. Eu queria conversar mais com ele, queria que ele descobrisse mais histórias importantes na minha vida. Encanei que o Aladin era igual ao oráculo do *Matrix*. Que o cara sabia todos os meus segredos. Ele tinha que me contar mais coisas sobre mim mesmo.

A Cacá riu e me levou outra vez. Só que o Oscar estava louco pra visitar o D'Artagnan. Então, passamos primeiro na Caverna, depois pegamos um ônibus pro Alto da Lapa.

Quando entramos na Caverna, eu adorei tudo de novo. Dessa vez conheci a vovó que faz cuecas gigantes. Ela não para de rir, usa um monte de roupas coloridas e namora o Aladin. Eu nunca tinha visto namoro de avô. Tem conversa de neto, filho, histórias de antigamente. Se eu viver até os sessenta, quero ser que nem o Aladin. Ele e a namorada, que se chama Amanda, têm mais pique que muito garoto da minha idade. Eu estava pensando nesse negócio de ser velho, quando o Aladin me perguntou, de repente:

— Mano, é verdade que você quis voltar aqui?

Fiquei quieto, com um pouco de vergonha.

— A Carolina me disse que você está querendo ouvir outra história, tá certo?

— É...

E aí ele contou minha história preferida, *O Patinho Feio*, versão Aladin.

— Era uma vez um pato bem feio. Na verdade, ele era um cisne, só que o ovo dele foi parar no ninho de uma velha pata. Como ele era bem maior que os patinhos, de pescoço comprido e corpo largo, todos o achavam horroroso. Resultado: o cisne, que pensava que era pato, também se achava um monstro. Depois de muita confusão e sofrimento, o cisne fugiu pelo mundo afora. Sempre se achando medonho. Aliás, ele se achava tão feio que nem se olhava mais nas águas do lago. Por isso, quando virou um belo cisne, nem percebeu. Até que um dia, um bando de cisnes o viu. Com cara de bobo. Parado à margem do rio. Os cisnes foram chamá-lo. Ele mergulhou. Percebeu que sabia nadar. Eles voaram. Ele imitou. Deu certo. Só que, quando sobrevoou o galinheiro, sentiu uma raiva do cão, daquele monte de pato chato. Aterrissou com todos os cisnes. Virou guerra. Acabou todo mundo depenado. De repente, os patos olharam pra cara dos cisnes e começaram a rir. Estavam horrendos. Todos. Ninguém era mais bonito que o outro. Ficaram amigos.

Moral da história: fazer guerra é odiar tudo o que é diferente da gente.

TRÊS MOSQUETEIROS

Fomos os três de ônibus. Oscar, pra variar, comendo batatinha frita e falando sem parar. Ele tinha pesquisado absolutamente tudo sobre os três mosqueteiros, que, na verdade, eram quatro.

– *Um por todos, todos por um, Cacá. Isso sim é lealdade, assim é que a gente tem que ser! Você precisa ler esse livro, é o máximo, você vai gostar, tenho certeza! Se bem que ainda não terminei, são mil e tantas páginas.*

– *Minha avó estava lendo um livro grosso e adorando* – disse Cacá. – *Ela estava fanática, igualzinho você.*

– *Que livro era?* – perguntei.

– **Guerra e paz** – ela respondeu.

– *É legal?*

– *Deve ser.*

– *"Fazer guerra é odiar tudo o que é diferente da gente..."*

– *Quem disse?* – perguntou o Oscar.

E, antes que eu respondesse, avistamos a tal da rua.

Descemos. O número ficava na esquina.

Vendo as outras casas, pensamos que o cara morava numa mansão. Mas quando chegamos, era o contrário. D'Artagnan morava numa casa muito antiga, com balanço de madeira velha, um jardim imenso que parecia um mato, gato pra tudo quanto é lado. Por pouco aquilo não parecia a casa do Norman Bates, aquele louco do filme **Psicose**. Juro que deu medo.

Mas o Oscar estava completamente animado. Correu e tocou a campainha.

– *Será que ele luta esgrima?* – perguntou a Cacá.

– *Não, deve ser tae kwon do* – disse ele.

Nisso a porta se abre.

E uma velhinha faz sinal pra gente entrar. Oscar quis ser simpático e estendeu a mão. Ela ignorou e apontou para o alto da escadaria.

– *Lá em cima, lá* – ela disse, com um sotaque estranho.

A escada era tão velha que as tábuas rangiam, parecia que tudo ia despencar. De repente, uma porta se abriu.

– *Entrem!*

E o quarto, no meio de todas aquelas coisas antigas, era uma ilha de tudo o que existe de mais moderno no mundo dos micreiros. Centenas de aviõezinhos de papel pendurados no teto. Música. Impressionante. E, sentado, na frente da tela, um garoto magro, branco, a cara dele era bem legal, mas as roupas... parecia filme antigo. Nada fazia muito sentido.

– *Nossa, você é o D'Artagnan? O grande estrategista? O campeão da rede, o melhor jogador do Rara Esfera?* – perguntou o Oscar, completamente surpreso.

– *Tudo bem? Eu sou o Alexandre. Sentem-se.*

E foi assim, desse jeito esquisito, que a gente se instalou ali, naquele quarto tão moderno, naquela casa tão antiga, do lado de um cara que parecia ter vindo do **De volta para o futuro**.

Mas quando ele começou a jogar...

Nem o Oscar conseguia acompanhar a perícia da estratégia. Ele era o melhor. De todos os tempos e lugares. E nós três fomos esquecendo de tudo e mergulhando naquela aventura virtual.

Quando vimos já tinha escurecido.

Hora de voltar pra casa.

ARISTARCHO, O MESTRE

No dia seguinte, na aula de artes, Anísia, minha professora preferida, diz assim:

– *É o seguinte, batam palmas pra mim.*

Todo mundo obedeceu. Típico da Anísia. Começar a aula de um jeito bem inesperado. Ela sorriu e anunciou:

– *Ganhei uma viagem para a Europa, vou fazer um estágio na Itália, para estudar escultura. Não é o máximo?*

Bateu o maior egoísmo.

Silêncio.

E nós?

A gente fica pra trás? Órfãos?

Anísia percebeu:

– *Mas é só por um mês. Enquanto isso, vocês terão um grande amigo meu no lugar. Um especialista em teatro. Nós nunca encenamos nada, aqui na escola. Será o máximo, garanto.*

O silêncio piorou.

Teatro? Encenar? Recitar? Não, socorro, tô fora!!!!

E, pra completar, nessa mesma hora, entrou o tal do professor.

Nada a ver.

Eh, cara mais esquisito.

Devia ter uns cinquenta e cinco anos, terno, gravata, uma maletinha, nossa, o cara parecia mesmo um professor de química de seriado na tevê.

– *Bom dia, classe* – ele disse numa voz bem grossa –, *meu nome é Aristarcho, mas podem me chamar de Ari, o velho mestre.*

Mestre? Na minha escola ninguém chama professor de mestre, que roubada, que mico!

Silêncio cada vez mais pesado.

Uma garota começa a choramingar.

– *Anísia, a gente vai morrer de saudades...*

– *Ah, não, pessoal, vocês vão é morrer de tantas emoções. Garanto que, na minha volta, vocês terão muito o que contar...*

O FURO DA FESTA

Naquele mesmo dia, à noite, eu já nem me lembrava mais do tal de mestre Ari. Cacá e Oscar tinham organizado uma festa enorme pra apresentar o Alexandre pra turma toda. Eles estavam tão orgulhosos! Não é todo dia que se encontra um gênio pessoalmente. A mania de jogar Rara Esfera tinha se alastrado. E todo mundo conhecia a fama do único estrategista capaz de vencer o jogo: o lendário D'Artagnan.

Mas bateu meia-noite.

Nada de Alê.

Uma da manhã.

Todo mundo já tinha ido embora.

Maior mico.

Só restaram Cacá, Oscar e eu.

– *Será que ele ficou doente?* – disse Oscar.

– *Acho que não* – disse Cacá –, *acho que pisamos na bola.*

– *Mas a festa era uma homenagem a ele...* – eu disse. – *O que tem demais nisso?*

– *Você reparou que o Alê é sozinho naquela casa? Sem pai, nem mãe, nem irmãos? E se ele detestar gente? Como é que faz?*

E ela acertou na mosca.

O melhor jeito de falar de coisas complicadas é escrevendo. Na tela a gente diz segredos que não contaria pessoalmente. Perguntamos a Alê o que tinha acontecido. De verdade. E ele foi sincero na resposta.

D'Artagnan@

Cacá, Mano, Oscar,

Desculpem, não deu. Eu devia ter explicado tudo quando vocês me convidaram pra essa festa, mas fiquei na dúvida. Pensei que eu fosse conseguir. Só que eu estava errado.

Vou contar tudo de uma vez: eu sou completamente diferente de vocês. Eu sou completamente diferente de todas as pessoas da minha idade. Porque eu não conheci meus pais. Minha avó veio da antiga Hungria. Vocês viram, ela quase não fala português. Ela me criou desde bebê. Minha avó tem um coração de ouro, mas é uma pessoa que sofreu muito. Ela é judia, durante a Segunda **Guerra Mundial** ficou presa num campo de concentração. Por sorte, ela conseguiu sobreviver e veio para o Brasil. Sou órfão, mas nunca soube direito como morreram meus pais. Só conheço o nome deles porque tenho certidão de nascimento. Sei que nasci em São Paulo.

Minha avó não acredita na vida. Ela acha que o mundo é terrível e que o mal é mais forte do que o bem. Ela me adora e morre de medo de que algo de ruim me aconteça.

Mas a culpa não é só dela. Eu sou esquisito de verdade. Mesmo que minha avó deixasse, eu não ia conseguir entrar numa festa cheia de gente que não conheço. Até a escola é difícil pra mim. Não as matérias, sou bom aluno, mas as pessoas. Elas me assustam.

Vocês também são diferentes. Eu me senti bem com vocês. Por isso estou sendo sincero desse jeito. Desculpem, eu errei.

BELEZA

Uma semana depois.

Aula de teatro.

Todo mundo no maior mau humor. Saudades da Anísia.

A porta da classe se abre e entra o mestre Ari. Silêncio. Coloca a maletinha em cima da mesa. Abre, com muito cuidado, uma caixinha de giz colorido. Caminha até a lousa e escreve numa letra antiga e caprichada: Virtudes.

Depois faz um monte de perguntas pra gente. Quais são as maiores virtudes? Beleza, bondade, coragem, era fácil responder. De repente ele pergunta assim:

— *O belo é bom?*

Silêncio.

— *O que é belo?*

— *Uma mulher bem gostosa* — disse Oscar, dando risada.

— *Tudo bem* — disse. — *É bom ser bela?* — ele perguntou direto para a Celina, a garota mais bonita da classe.

Silêncio. A aula estava ficando interessante.

— *Nem sempre* — ela respondeu rápido.

— *Tá brincando!* — alguém gritou do fundão.

— *Como assim?* — quis saber o Ari.

— *Muita gente pensa que eu sou metida, tem muita gente que não gosta de mim* — ela disse olhando de lado para umas meninas. — *E tem gente que só chega perto de mim dizendo que eu sou gostosa* — ela completou, com uma cara mais brava ainda.

— *Ou seja, ser belo é ser diferente* — completou o Ari.

A essa altura, a classe toda queria saber mais dessa conversa.

— *Quem é que gosta de filme de ficção científica aqui na classe?*

Quase todos os garotos levantaram a mão, algumas meninas também.

— *Se não for **Alien**...* — disse a Celina e todo mundo riu.

— *Imaginem que uma nave alienígena foi enviada à Terra em missão de paz...* — disse Ari, a classe toda muda, curiosa. — *Mas quando tentam entrar em contato, todo mundo sai matando os pobrezinhos pensando que são do mal.*

— *Por que eles são feios?* — perguntou o Oscar.

— Porque eles são diferentes – respondeu o mestre. – Podem até ser muito bonitos, mas diferentes.

Levantei a mão:

— Ei, mestre, eu sempre tive essa encanação. Como é que o senhor adivinhou?

— Eu não adivinhei nada – ele disse, sorrindo. – Isso é só um bom argumento. Aliás, lição de casa!

— Não!!! – muita gente gritou.

— Sim, para a próxima aula quero argumentos, histórias sobre as diferenças entre os seres. Mas não precisam inventar tudo, vocês podem pesquisar nas lendas antigas que tudo bem!

MANSÃO DO D'ARTAGNAN

Eu sabia que quase toda a classe ia correr para estudar mitologia grega. A gente já tinha aprendido com a Anísia como pesquisar os mitos. E ela sempre nos disse que o melhor jeito de inventar uma boa história é estudar aquelas que ficaram para sempre na cabeça das pessoas.

Mas eu queria fazer uma coisa diferente.

A velha mania do Patinho Feio tinha voltado. Era esse argumento que eu queria apresentar. Mas, se eu levasse um conto de fadas, todo mundo ia me chamar de babaca, Mano fraldão, coisas assim.

Contei o meu drama pro D'Artagnan. Ele me chamou para visitá-lo. Peguei o ônibus, desci na rua, toquei a campainha, só então lembrei que nunca tinha ficado sozinho com ele naquela casa tão estranha.

Mas, cara, quando entrei, todo o medo sumiu.

O quarto de Alê estava cheio de novidades. Patinhos de papel, minúsculos, espalhados pela cama, em cima do micro, era tão bonito de ver.

– Gostou? – ele perguntou pra mim.

– Você fez tudo isso?

– Fiz pra você e pra mim. Quer dizer, eu também sou tipo patinho feio, sabe como é, meio esquisito. Encanei com a história e fui pesquisar a lenda. Sabe o que eu descobri?

– O quê?

– Que os índios brasileiros também contam essa mesma história, a única coisa diferente é o final.

– Como assim?

– No final, o pato feio é aceito na tribo, ele salva a vida de uma galinha e todo mundo começa a respeitá-lo. Ele não precisa ir embora pra ser feliz. Legal, né?

– Alê – eu disse –, legal é você. Eu não entendo por que você tem poucos amigos, nós gostamos muito das suas manias, do seu quarto e de tudo mais.

– Eu sei que vocês gostam de mim. Eu percebo. Eu fico feliz. Fico que nem esse pato dos índios, mas agora chega, Mano, eu quero te dar uma nova dica pra você detonar no jogo...

PATAS X ÁGUIAS

Naquela noite, pesadelo de novo.

Eu era um patinho medroso. Todo mundo me bicava.

Eu me encolhia e chorava tanto que, quando acordei, senti falta de ar de verdade.

Que horror!

Fui até a cozinha. Shirley, nossa empregada, estava acordada também. Ela está grávida, morre de fome à noite. Esquentava um frango assado no micro-ondas. Senti fome também. Ela me fez um prato. Começamos a conversar.

— *Mano, sua mãe me contou que você está tendo aula com o professor Ari, é verdade?*

— É, sim.

— Sabia que ele foi um ator de televisão? Ele é do tempo em que não tinha tevê em cores, ele fazia muito sucesso, eu me lembro direitinho.

— Que coisa! Ele nunca contou pra gente.

— E vocês já perguntaram?

— Tá certo, Shirley, ninguém nunca perguntou nada sobre a vida dele. É sempre assim com os professores.

— Mas deviam perguntar, ele tem muito o que contar.

Voltei para o quarto.

Que coisa! Mestre Ari. Um ator.

Conectei. Mensagem do Oscar. Parece que ninguém estava conseguindo dormir.

Oscarmicreiro@

Mano, avise a Cacá imediatamente!
Eu descobri tudo!
Eu já sei quem foram os pais do Alê!
Reunião urgente, prioridade máxima!

A VERDADE

O Oscar é o cara mais curioso que eu conheço, mas a gente precisa tomar cuidado com o que ele descobre. Tipo essa história dos pais do Alê. Será que dá pra contar? E se ele for filho de dois criminosos? E se os pais dele morreram de um jeito muito horrível? E o que a gente faz com aquela velhinha? Se ela descobrir que o Oscar pesquisou pra saber da verdade, ela pode muito bem proibir nossa amizade e aí é que o cara vai ficar numa pior.

Cara, na manhã seguinte, eu estava tão nervoso que derrubei a bandeja do café quebrando tudo. A Shirley logo percebeu.

— Diga aí, Mano, já sei que tá rolando confusão pro seu lado.

E ela me olhou de um jeito tão forte que comecei a contar tudo ao mesmo tempo. Nisso, entra minha mãe. Ela é psicóloga. Muito boa pra dar conselho. Ficou prestando atenção.

— Não sei, não, meu filho, acho esse assunto delicado. Perigoso mesmo. Não imponha a verdade ao seu amigo. Ele precisa estar preparado para saber. Será que ele deseja mesmo descobrir esse segredo? Tome muito cuidado com os sentimentos dele...

O DESAFIO

Aula do mestre Ari.

Ele entra na classe. Abre a maletinha. Tira uma gaita e toca um blues. Maior show.

A Anísia tem toda razão. Sucesso total. Todo mundo adora.

— *Hoje, vou lançar meu desafio* — ele diz com voz bem alta.

"Ih, caramba, lá vem bomba", pensei.

Mas bomba mesmo foi o bilhete que recebi de Oscar.

Mano, a gente precisa contar a verdade pro Alê. Os pais dele eram geniais, eu tenho certeza de que ele não vai ficar bravo coisa nenhuma! Juro que eu peito arriscar! Fale com a Carolina, tenho certeza que ela topa!

— *Vocês só têm três dias para me entregar o argumento para sua peça de teatro.*

Protestos da classe toda.

— *Mas vou dividir a turma em grupos de três a cinco integrantes e, quem quiser, pode trazer amigos de fora da escola pra participar. E, no final, vamos encenar a melhor peça para todos os pais e professores.*

E foi um tal de bater pé no chão, deixar cair mochila, derrubar caneta pra tudo quanto é lado...

De repente, não aguentei.

— Tudo bem, Oscar, vamos encarar. Eu quero saber o que foi que você descobriu.

SINCERIDADE

Naquela noite, escrevemos para o Alê. Ele quis saber da verdade na hora. "Doa o quanto doer", ele disse. Nossa, o cara tem coragem. Acontece que a verdade sobre os pais dele é uma história muito bonita. Tipo filme, mesmo.

Oscar entrou nos arquivos sobre emigrantes húngaros e descobriu que os pais de Alê eram biólogos. Trabalhavam juntos. Eram muito inteligentes e pertenciam aos primeiros grupos de ecologistas do país. Morreram num acidente, no meio de uma corredeira. A mãe do Alê escorregou e o pai tentou salvá-la, mas não foi possível.

D'Artagnan@

Mano, Cacá e Oscar,

É difícil dizer o que estou sentindo agora, que terminei de ler a mensagem que vocês me enviaram.

Por que será que nunca descobri o passado de meus próprios pais? Afinal, se sou o D'Artagnan, supermicreiro, essas coisas, teria sido fácil.

Talvez, Mano, sua mãe tenha razão. Eu não queria saber. Tinha medo. Agora, é diferente.

Ontem, conversei com minha avó. Ela chorou muito até explicar que, quando veio para o Brasil, fugindo da Segunda Guerra, pensou que viveria num paraíso tropical. E, quando a morte lhe roubou o filho e a nora, pensou que a vida não tinha mais solução. A cada dia que passava, ela tentava me proteger da fatalidade, porque sou sua única razão de viver.

Agora, que sei da verdade, me sinto diferente. Mais forte. Crescido.

Bem, então, duas coisas:

1. Quero ajudar vocês com essa história da peça da escola. Tenho uma ideia.

2. Vocês me levam pra conhecer o Aladin?

A CAVERNA DO ALADIN 3
a fase final

Quando Alê entrou conosco na Caverna do Aladin, o cara parou de consertar sapato, tirou os óculos, olhou bem de perto para a cara do garoto e disse assim:

— Eh, caramba, vocês me trouxeram mais um da turma do Patinho Feio?

O Oscar engoliu os dois chicletes que estava mastigando, a Carolina sorriu feliz e eu calei a boca, juro que meu coração ficou meio apertado.

Então sentamos todos nas almofadas espalhadas no chão, o Aladin ficou bem no meio da roda e desandou a falar:

— No fundo do mar há riquezas incomparáveis. Mas, se queres segurança, busca-a na praia.

Ninguém entendeu nada. Silêncio. Aladin sorriu e continuou:

— A história de hoje é especialmente dedicada a você, Alexandre. Eu não a inventei, ela foi escrita por um famoso poeta persa, chamado **Rumi**. Esse cara tinha um mestre chamado Shams. Desde garotinho, Shams era diferente. E, quando cresceu, Shams virou um grande contador de histórias.

Um dia, contou a história de um ovo de cisne que foi parar no ninho de

uma galinha. A galinha chocou o ovo e criou o cisne como se fosse um pintinho. Certa manhã, todos foram até a praia. O pequeno cisne mergulhou na água e saiu nadando, enquanto a galinha ficou na margem. Ele nadava com tanta elegância e felicidade que a galinha não conseguia dizer nada, embora estivesse com medo e o quisesse de volta.

De repente, ele disse bem alto:

— Mamãe, *diga ao meu pai que encontrei meu lugar. Aprendi a nadar no oceano, mesmo que vocês tenham sempre que ficar na terra.*

A DIFERENÇA

Uma semana depois.
Reunião de equipe na minha casa.
Papel, lápis, pipoca e guaraná.
Oscar falando mais que a boca:
— Cara, agora eu animei, a gente precisa ganhar o tal do concurso, e se a gente faz uma história curtinha, bem chupada da mitologia grega, tipo, a gente inventa um cientista que clona a **Afrodite** e o **Apolo**, o mundo inteiro fica lindo, todo mundo com a mesma cara, acabam-se as guerras, as baixarias, já pensou?
— Bom, Oscar — disse o Alê, dando risada —, alguém já teve uma ideia parecida antes.
— Quem?
— Um tal de **Hitler**, cara.
Oscar ficou mudo.
Carolina resolveu ajudar.
— Vem cá, estou lembrando do Aladin. Se todo mundo aqui tem mania de patinho feio...
Caiu a ficha na hora.

Inventamos nossa peça num minuto.

Equipe: Oscar, Mano, Carolina e Alexandre.

Título: ASAS DA PAZ.

Argumento: Extraterrestres aterrissam no planeta.

Missão: Espalhar-se entre os homens, assumindo identidades secretas, para ensiná-los a conviver em paz.

Problema: Os extraterrestres são criaturas aladas que precisam ocultar as asas, fingindo que têm corcundas ou problemas nas costas. Para melhor cumprir sua missão devem evitar envolver-se muito intimamente com os humanos.

Enredo: Um alado sideral, que trabalha como professor numa escola, apaixona-se por uma colega. Como era ET e nunca havia sentido o amor, fica cego de paixão. Desobedece às regras interespaciais e namora a professora. Ela fica grávida. Nasce um bebê mutante. Ele é lindo, parece um anjo.

Porém, devido a essa desobediência, todos os ETs partem do planeta. A mãe do anjo extraterrestre fica só com seu bebê. O garoto é criado como se tivesse uma corcunda horrível.

A vida toda ele se esconde das pessoas, pensando ser uma espécie de monstro.

Até que seus poderes começam a desenvolver-se: ele sabe acalmar alguém com raiva, ele sabe projetar a paz quando todos brigam, ele sabe voar.

Com o tempo, ele vira um super-herói, muito amado por toda a humanidade.

Um dia, os ETs voltam para buscá-lo. Em seu mundo, ele teria uma vida normal, seria como todos os outros. Livre para voar em paz, sem precisar de disfarces ou mentiras.

Mas ele prefere ficar.

Ser diferente, mas muito querido, mesmo mutante.

Efeitos especiais: a cenografia será feita por Alexandre. Naves alienígenas e criaturas aladas serão confeccionadas em papel e deverão circular pelo cenário e pela plateia, presas por linhas invisíveis. Haverá projeção de filmes em vídeo, montados por Oscar; a trilha sonora será feita por Mano.

Atores: Shirley, Carolina, Aladin, Amanda, Mano e Oscar.

MAS A HISTÓRIA NÃO ACABOU AINDA...

Nossa peça fez tanto sucesso que mestre Ari nos pediu para apresentá-la em outro lugar. Logo pensamos na escola do Pipoquinha. Ele é meu grande amigo, filho do pipoqueiro, a escola dele fica bem pertinho da nossa. Mestre Ari gostou da ideia.

Foi então que Alê mostrou sua genialidade.

– E se a gente inventasse um jeito de transmitir essa peça via internet?

– Cara, seria o máximo! Ao vivo, on-line!!!

– E, se, além de assisti-la, as pessoas pudessem enviar sugestões, novos finais, coisas assim, afinal, todo mundo já foi um pato feio uma vez. Quer dizer, a gente inventou uma história tipo pato sideral, mas, de repente, qualquer um pode nos dar uma nova ideia. Só o Aladin já contou pra gente três versões diferentes, já pensou em tudo o que dá pra inventar?

– Você é mesmo especial, garoto – comentou o mestre.

Mas o Alê, que antes era tão tímido, não parava mais de falar:

– Anunciamos na internet que D'Artagnan revelará sua identidade! Aí, eu atuo na peça, como personagem principal. A gente pode pegar um trecho dos Três Mosqueteiros e inventar uma luta em cena. Eu pego a espada, visto uma capa preta...

44

Cacá olhou pra mim rindo. Depois me passou um bilhetinho onde estava rabiscado assim:

A gente precisa ser forte pra aguentar tudo o que não pode mudar.
A gente precisa ser forte pra mudar tudo o que precisa mudar.
E a gente tem que ser esperto pra saber a diferença entre uma coisa e outra.
                                    Shirley (mandamento número 11).

Aquilo me deu muita vontade de rir.

Shirley, a filósofa! Pior é que ela sempre tem razão.

Daí a Carolina foi chegando bem pertinho de mim, pegou na minha mão, falou baixo no meu ouvido:

— Ainda bem que a gente acertou na mosca. Não é que o Alê está feliz? Já pensou se nós tivéssemos deixado o cara de lado só porque ele era meio esquisitão?

Aí, a Cacá me deu um beijo no rosto, bem rápido. E eu fiquei mudo, parado, baixou uma estátua em mim. Lembrei tanto do meu irmão. Ele sempre diz assim: "Cara, a pior coisa do mundo é ficar com a garota que a gente quer: gostou, travou".

Será que um dia eu também consigo mudar?

Referências

Personagens e personalidades

Aladin (p. 4)

A história de Aladin e o gênio da lâmpada é uma das mais famosas da coleção de contos orientais *As mil e uma noites*, narrados por Sherazade. Para entreter o marido e impedir que ele a matasse, ela lhe contava histórias intermináveis. Aladin encontra um mágico que o leva até uma caverna e lhe entrega uma lâmpada mágica. Ao esfregar a lâmpada, Aladin acorda o gênio que mora dentro dela, um espírito sobrenatural que passa a realizar todos os seus desejos. Aladin fica muito rico e constrói um palácio. Casa-se com a filha de um sultão. Tentam roubar sua lâmpada. No final, torna-se sultão e reina durante muitos e muitos anos.

Raul Seixas (1945-1989) (p. 5)

Raul Seixas foi cantor e compositor. Contribuiu muito para criar a cara do rock nacional, misturando o *rock and roll* dos anos 1950 com ritmos brasileiros como o xote e o baião. Raul dizia que se tornou músico levado pela necessidade de dizer coisas. Sua música falava sobre a possibilidade de ser diferente e querer um mundo diferente, sobre a liberdade, não só a liberdade de pensamento mas também a de sentimentos, expressa de modo exemplar nos versos: "Eu prefiro ser essa metamorfose ambulante do que ter aquela velha opinião formada sobre tudo".

Alexandre Dumas (1802-1870) (p. 17)

Dramaturgo e romancista francês, foi um dos mais populares autores do século XIX. Dumas viveu numa época em que, para cativar os leitores, os jornais publicavam folhetins, tipo de romance escrito em capítulos diários. Ele foi o grande mestre desse gênero, inspirando-se basicamente no clássico árabe *As mil e uma noites*. Interrompendo as narrativas no momento de maior emoção, Dumas ganhou o apelido de Sherazade e um grande número de leitores aguardava a publicação de suas histórias. Como nem todos sabiam ler, as pessoas se reuniam em praças públicas em torno daqueles que liam em voz alta.

Rumi (? - 1273) (p. 38)

Jalal ad-Din ar-Rumi é autor do mais famoso dos masnavis místicos persas. O masnavi (a palavra quer dizer "duplo") é um tipo de poema, muito popular entre os persas, em que os versos são rimados dois a dois. Os poetas usavam essa forma poética para contar longas histórias – os poemas chegam a ter milhares de versos. O masnavi escrito por Rumi, composto por 26 mil versos, influenciou muito a poesia e o pensamento religioso islâmico. Mesmo tendo sido escritos há mais de setecentos anos, seus poemas não vão envelhecer nunca.

Adolph Hitler (1889-1945) (p. 40)

Ditador e líder do Partido Nacional Socialista alemão, de onde provém o termo nazista. Pregava a superioridade da raça ariana, à qual pertenceriam os europeus de raça supostamente pura, sem sangue judeu. Daí nasceu o antissemitismo – ódio ao povo judeu. Ao invadir a Polônia, Hitler desencadeia a Segunda Guerra Mundial. Foi o responsável pela morte de milhões de pessoas entre judeus, ciganos, homossexuais e opositores ao nazismo.

Histórias e obras

O Patinho Feio (p. 8)

O Patinho Feio é a história de um pequeno cisne que nasce de um ovo acidentalmente colocado no ninho de uma pata. Por ser grande e desengonçado, diferente dos patinhos, ele é maltratado pelas outras aves. Decide fugir de casa, viaja e sofre muito até perceber que havia se transformado em um lindo cisne. Um dia, em um lago, encontra seus pares e passa a ser feliz. Hans Christian Andersen (1805-1875), dinamarquês, foi um dos escritores mais célebres a narrar esta história. Como o autor nascera de uma família humilde, há quem estabeleça paralelos entre sua vida e sua obra.

Os três mosqueteiros (1844) (p. 9)

Romance de Alexandre Dumas que tornou o autor internacionalmente conhecido. Um clássico da literatura de capa e espada, gênero que narra aventuras mais ou menos históricas, romances idealizados e desenganos amorosos. Grande admirador de William Shakespeare, Dumas criou heróis imperfeitos, numa França em que os ideais de cavalaria – honra, lealdade, sinceridade – estavam sendo esquecidos. Para recuperá-los, inventou o famoso lema "um por todos, todos por um", traduzindo a força que uma grande amizade pode conferir à vida. *Os três mosqueteiros* narra as aventuras de três soldados da guarda real, o elegante Aramis, o divertido e bem-humorado Porthos e o sério e reservado Athos, que se juntam ao bravo D'Artagnan, jovem de origem humilde mas de espírito destemido, que acabará se transformando num grande mosqueteiro.

Guerra e paz (1869) (p. 22)

Guerra e paz, considerado um dos maiores romances da literatura mundial, conta a história de cinco famílias aristocráticas na época em que a Rússia foi invadida pelo exército de Napoleão. Tolstói (1828-1910), escritor e pensador russo, compôs na obra todo o panorama da sociedade russa do início do século XIX, a vida da cidade e do campo, e passa ao leitor um retrato muito real da guerra. De forma envolvente, apresentando o modo de vida e as desventuras dos personagens, Tolstói consegue transmitir as sensações e emoções daquele tempo de violência.

Filmes

Psicose (Psycho, EUA, 1960) (p. 22)

Filme de Alfred Hitchcock (1899-1980), cineasta inglês considerado o mestre do suspense. A história começa quando a secretária Marion Crane rouba um dinheiro da empresa em que trabalha. Na fuga, uma forte chuva a faz parar num velho e sinistro motel de beira de estrada. Lá ela é recepcionada pelo aparentemente tranquilo e indefeso Norman Bates, gerente do motel e que mora no local com a mãe doente. Nessa mesma noite, Marion é morta a facadas enquanto toma banho de chuveiro, numa cena que eternizou o filme e foi muitas vezes imitada. Para criar sua obra-prima, Hitchcock baseou-se em um livro escrito por Robert Bloch.

De volta para o futuro (Back to the future, EUA, 1985) (p. 23)

Sucesso de bilheteria, *De volta para o futuro*, dirigido por Robert Zemeckis e produzido por Steven Spielberg, rendeu uma série de três filmes e tornou-se uma das mais populares histórias do cinema americano dos anos 1980, conquistando o público jovem. Afinal, quem nunca sonhou em embarcar na fantástica aventura de viajar no tempo? É isso que o excêntrico cientista Doc Brown proporciona ao jovem Marty McFly. Por acidente, Marty volta trinta anos no tempo, interferindo no encontro entre seus pais e fazendo sua mãe se apaixonar por ele. Marty precisa desfazer a confusão e garantir que seus pais se apaixonem, senão, ele não nascerá!

Alien (p. 28)

Já foram feitos seis filmes de ficção científica sobre esse alienígena. No primeiro, *Alien – o oitavo passageiro* (1979), um dos tripulantes de uma nave espacial é atacado por um estranho ser e acaba levando seu embrião para dentro da nave, o que transforma a viagem interplanetária da tenente Ripley em um terror, pois o alienígena não para de crescer e pode matar toda a tripulação. Na história seguinte, *Aliens – o resgate* (1986), Ripley enfrenta novamente o estranho e mortal ser alienígena. Em *Alien 3* (1992), o duelo com a criatura é ainda mais terrível, pois ela descobre que está hospedando um alien em seu próprio corpo. O maldito assassino reaparece em *Alien – a ressurreição* (1997). Posteriormente, o alienígena volta às telonas na série *Alien vs. Predador*, que já rendeu dois filmes.

Fato

Guerra Mundial (p. 27)

Conflito armado de proporções globais, em que os países vão estabelecendo alianças e se envolvendo na guerra direta ou indiretamente. A Primeira Guerra Mundial concentrou-se na Europa entre 1914 e 1918, provocando milhões de mortes entre soldados e civis. Mas a Segunda Guerra, que durou de 1939 a 1945, causou ainda mais destruição. Os oponentes principais foram, de um lado, Alemanha, Itália e Japão e, de outro, EUA, Inglaterra e a então URSS.

Mitos

Afrodite e Apolo (p. 40)

As mitologias grega e romana contam histórias de deuses, semideuses (filhos de deuses com humanos), heróis e outros personagens fantásticos que se envolvem em circunstâncias extraordinárias. Afrodite e Apolo estão entre os doze deuses que habitam o Olimpo e de lá reinam sobre o céu e a terra. São considerados os mais belos dos deuses, e suas figuras e histórias inspiraram muitos poetas e pintores da era moderna.